Ce livre appartient à :

Une série TV d'animation produite par STUDIOLITO (© Studiolito - Blue Spirit Animation – 2012).
D'après un personnage créé par Domitille de Pressensé,
adapté des albums "émilie" de Domitille de Pressensé (© Casterman)
Bible littéraire Domitille de Pressensé | Réalisation Sandra Derval |
Musique originale et paroles Mathias Duplessy | avec la participation de France Télévisions |
Dans le cadre du Pôle Image Magelis, avec le soutien du Département de la Charente,
de la Région Poitou-Charentes en partenariat avec le CNC |
avec le soutien de la Procirep-Société des producteurs, de l'Angoa |
avec la participation du Centre National du Cinéma et de l'image Animée.

 D'après l'épisode de la série animée Emilie « Le tyrannosaure ballon »,
écrit par Antonin Poirée et adapté pour la présente version par Domitille de Pressensé et Guimauv'.
Achevé d'imprimer en juin 2015, en Chine. Dépôt légal : septembre 2015 ; D.2015/0053/299.
Déposé au ministère de la Justice, Paris (loi n° 49.956 du 16 juillet 1949
sur les publications destinées à la jeunesse).

ISBN 978-2-203-09148-1
L.10EJDN001466.N001

émilie

La partie de foot

d'après un personnage de Domitille de Pressensé
mise en pages : Guimauv'

A l'heure de la récré, Hugo arrive avec une grosse balle.

- Eh, les copains ! Qui veut jouer au foot ?

Kim répond aussitôt :

- Oh, moi, moi ! J'adore ça !

Il est très excité.

- Et nous aussi, on veut jouer ! s'écrient Emilie et Léa. Allez, on commence la partie !

Premier tir d'Emilie...

La balle arrive vers Kim...

Et hop !

Elle est
renvoyée
à Hugo.

Il la relance si fort…

…qu'en la rattrapant,

Léa tombe par terre.

Hugo est très fier de lui:

-Vous avez vu comme la balle

est allée haut ?!

- Moi aussi, je peux faire comme toi ! répond Léa. Tu vas voir... Et zou !

La balle monte vers le ciel,

légère comme un oiseau.

Les copains de Léa sont très

impressionnés.

Boum !
pffft...

Oh !

Malheur de malheur !

La balle s'est écrasée dans

la cour de récré.

Hugo est très déçu :

- Elle est complètement aplatie !

- Pardon, je n'ai pas fait

exprès, dit Léa toute gênée.

Hugo s'éloigne en grognant :

- Maintenant, la partie de foot est fichue...

Et il va s'asseoir dans un coin.

Impossible de réparer cette

balle, elle est trop abîmée...

Les enfants sont très ennuyés.

- Et si on faisait une surprise
à Hugo ? chuchote Emilie.
On va transformer la balle !

- Bonne idée !

Je fais des yeux

et un bandeau.

- Moi, je dessine

une moustache.

- Je rajoute une bouche pleine de dents cassées.

Et voici notre pirate prêt à rencontrer Hugo !

Tout à coup, Hugo entend

un bruit bizarre, vraiment

très bizarre…

D'où peut-il venir ?

Il regarde

aussitôt

autour de lui.

- Coucou, voici notre nouveau copain le pirate !
- Attention ! Il s'énerve quand on l'embête.

- Pfff ! Même pas peur !

Il a l'air trop amusant ce nouveau jeu ! répond Hugo en souriant.

Il prend le masque et crie :

- Prenez garde ! Si je vous

attrape, je vous enferme

dans mon coffre !

Ses amis s'enfuient en hurlant:

-Au secours ! Hi hi ! C'est encore mieux que la partie de foot !

Jeux

Pour jouer avec Emilie, utilise des crayons de couleur.

Relie chaque mot à la forme qui lui correspond.

rond

rectangle

carré

triangle

losange

ovale

Barre dans cette liste les trois actions que ne peut pas faire une balle.

rouler

sauter

tourner

manger

éclater

rebondir

rêver

s'envoler

sourire

Les élèves l'adorent... Pour savoir de quoi il s'agit, complète les mots verts à l'aide des lettres oranges.

o r t c é

ma_elle
é
_hat
r
_lastique
a
foo_
i
l_up
n

Dans l'histoire, en quoi les enfants transforment-ils la balle ?
Entoure le bon mot.

diable
sorcière
fantôme
souris
ogre
ours

monstre
dinosaure
pirate
loup

Titres disponibles

1. **émilie** le ballon jaune
2. **émilie** le papillon de l'école
3. **émilie** les empreintes mystérieuses
4. **émilie** se maquille
5. **émilie** la tente de camping
6. **émilie** les marionnettes
7. **émilie** docteur Emilie et le bébé
8. **émilie** la course des escargots
9. **émilie** la mauvaise humeur d'Emilie
10. **émilie** les robots
11. **émilie** la partie de foot
12. **émilie** Arthur a disparu